LES

FRANCS-MAÇONS

ÉPITRE A UN INITIÉ

IMPRIMERIE DE H. FOURNIER ET Cᵉ,
7 RUE SAINT-BENOIT.

LES

FRANCS-MAÇONS

ÉPITRE A UN INITIÉ

PAR

J. DE B....

——❍❍❍——

Prix : 25 Centimes

——❍❍❍——

PARIS

CHEZ LES MARCHANDS DE NOUVEAUTÉS

—

Mai 1842

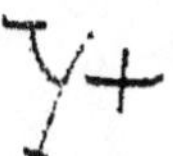

LES

FRANCS-MAÇONS.

Enfin, mon cher ami, tes yeux à la lumière
Viennent donc de s'ouvrir ! Ta nouvelle carrière,
Déroulant devant toi son immense horison,
D'innombrables bienfaits doit combler ta raison,
Donner à ton esprit des plaisirs ineffables,
Et pénétrer ton cœur de sentiments durables

D'amour, d'humanité, d'ordre et de dévouement.

Quel heureux avenir ! Et comme, en ce moment,

Homme régénéré par une onde lustrale,

Tu vois avec pitié, dans la foule banale,

Tes profanes amis, moins empressés que toi,

Vivre loin des Maçons et repousser leur foi !

Ils ont tort, j'en conviens, et nous devons les plaindre.

Mais faut-il les blâmer ? faut-il donc les contraindre

A croire à des vertus qu'on ne pratique pas,

A chanter le triangle et bénir le compas,

Lorsque, ignorant le but de la Maçonnerie,

Dans d'ignobles Maçons ils voient la confrérie ?

Ce serait être injuste.

     Initié d'un jour,

Tu t'endors aux parfums du fraternel amour,

Croyant avoir trouvé dans la grande famille

Des frères dévoués, phalange qui fourmille

De pures actions, d'intelligents travaux,

D'apôtres vertueux luttant contre les maux

Qui dévorent le monde. Ah ! sois moins optimiste !

De moire rubantés, invoquant Jean-Baptiste,

Ces bons frères, vois-tu, cachent sous leurs cordons

L'astuce, le mensonge et les funestes dons

Que Pandore, jadis, répandit sur la terre.

D'hypocrites hâbleurs prostituant l'équerre,

De sots bouffis d'orgueil, tartuffes emmiélés,

De sales trafiquants, d'ignorants ampoulés,

De fats, d'ambitieux sans honneur et sans âme,

Faisant du tablier une triste réclame,

Ne vois-tu pas les flots au Temple se presser ?

Ces fourbes vaniteux, qu'un hochet fait baisser,

Rampent pour de l'argent. Vendre leur marchandise

Est leur unique but ; et, masquant leur sottise

Sous le voile trompeur de la fraternité,

Ils veulent, disent-ils, sauver l'humanité.

L'humanité, c'est eux ! Charlatans de morale,

Dans le discours écrit ou sous la forme orale,

Suis-les. Quel goût exquis ! quel feu ! quelle grandeur !

Pour le bonheur public quelle fervente ardeur !

Comme ils sont éloquents, ces fiers Vincent-de-Paule !

Chamarrés de bijoux de la hanche à l'épaule,

Vois-les gesticuler et conclure à ceci :

« Les malheureux ont faim ; l'opulent endurci

« Détourne son regard de leur humble prière ;

« Il est sourd, colorant sa face minaudière

« D'une fausse pitié, et dit : *Je ne peux pas !*

« L'ouvrier sans travail, pour son maigre repas,

« Vainement va s'asseoir à sa table déserte,

« Le pain a fait défaut. De sa bouche entr'ouverte

« Sortent de longs soupirs, des pleurs baignent ses yeux,

« Il résigne au repos son bras laborieux.

« De ces infortunés soulageons la souffrance !

« C'est pour nous un devoir. De notre bienfaisance

« Le monde avec transport bénira les effets.

« Distribuons *dix francs*, et, demain, les reflets

« D'une gloire sublime éclaireront la loge ! » —

Les dix francs sont votés. Spéculant sur l'éloge,

Aux pages d'un journal, ces marchands bienfaiteurs

Font inscrire leur nom. Mais, de leurs acheteurs,

Le nombre grossit-il? La publique justice,

Taxant à sa valeur ce grossier artifice,

Couvre de son mépris ces hommes déhontés,

Maraudeurs de l'estime, Harpagons effrontés,

Dont la triste boutique attend la clientelle :

Elle l'attend en vain; la confiance est telle

Que le chaland s'éloigne et fuit avec dégoût.

Tels sont les imposteurs que le Maçon absout!...

Quoi! déjà tu rougis? Contiens-toi, ma palette

A des couleurs encor. Aux feux qu'elle projette,

Vois-tu ce Vénérable, à l'œil oblique et faux,

Caméléon rampant, qui causa plus de maux

Qu'un bandit détroussant le voyageur sans armes?

Dont la mère éplorée arrose de ses larmes

Un chevet impuissant à donner le sommeil,

Et dont le cœur flétri, d'un éternel réveil

Savoure lentement la mortelle insomnie ?

Sardanapale obscur couvert d'ignominie,

Pour donner un air calme à ses traits abattus,

Il revêt dans le temple un masque de vertus.

Vois sa main de son front détourner les nuages

Qui de ses passions annoncent les orages.

Sur ses traits contractés la pâleur de la mort

Indique les tourments qui le rongent ; son sort

Désormais est de vivre accusé par lui-même.

L'enfer est dans son cœur, un affreux anathème

Sans cesse le poursuit, et ses jours desséchés

Impriment la vieillesse à ses membres penchés.

Il brigua les faveurs de l'urne électorale,

Espérant s'enrichir. Au conseil, quel scandale !

Il va prendre sa place au milieu des plus purs,

Se poser en Caton, de ses amis obscurs

Implanter la morale, et prôner la licence.

Ici, comme au conseil, d'un esprit en démence

Il sème les erreurs. Commensal des tripots,

Contre l'ordre et la paix dirigeant des complots,

Le désordre est son but pour arrondir sa bourse :

Absurde niveleur, l'émeute est sa ressource...

Va donc presser la main de cet impur Maçon !

Que vois-je à ses côtés ? Débitant sa leçon

Quel est ce chevalier boursouflé d'arrogance,

Qui fait le Démosthène et singe l'élégance,

Qui jamais ne connut aucun grammairien,

Ni Restaud, ni Wailly, ni Chapsal, ni Lequien ?

C'est un sot ouvrier. Vois l'éternel outrage

Que sa criarde voix fait subir au langage.

Pour donner de son style un noble échantillon,

Il pilla Diderot et vola Massillon ;

Mais les sots ébahis, admirant ses manières,

Couvrent de longs bravos l'orateur des gouttières,

Qui se rassied vainqueur, se mouche, avec égard

Dépose son discours, et sourit du regard.

Près de lui, décrivant l'arbre chronologique,

Remarque ce vieillard qui, d'une souche antique

Exhume les Maçons. Il peint le père Adam

Inventant la truelle, et, plus tard, Abraham

Chantant saint Jean-Baptiste au retour du solstice.

Ris donc ! Ce chartrier bâtit son édifice

Sur de tels fondements qu'un souffle le détruit.

Tout dort à ses côtés ; inflexible, il poursuit

De ses inductions l'enseignement prolixe ;

Mais sur ses auditeurs son œil cave se fixe,

Son front se rembrunit, il se tait.

                                   Un docteur,

Disciple d'Esculape, ardent opérateur,

Lui succède. Il brilla parmi les plus célèbres ;

Il enrichit l'église et les pompes funèbres.

Plus que le choléra, sa main fut un fléau !

Que dit-il ? « Le quina l'a conduit au tombeau !... »

Il pense au dernier mort.

                                  Un imberbe confrère,

Médecin de huit jours, stoïcien austère,

Demande la parole, après avoir toussé

Se recueille un instant, et, d'un ton courroucé,

Il dit : « Quel sot prétend que l'âme est immortelle?

« Frères, tout meurt en nous; la Nature éternelle,

« Habile à féconder, pondère l'univers.

« Elle est le seul vrai Dieu. Tous les cultes divers,

« Sous le chant du chrétien ou la foi du Bramine,

« A l'ombre du Coran ou d'une autre doctrine,

« Célèbrent ses bienfaits et bénissent ses lois.

« A la vie éternelle, établissant des droits,

« L'homme prétend en vain : esclave des organes,

« Tissus matériels recouverts de membranes,

« Il aurait un esprit indépendant du corps ?

« Erreur ! cent fois erreur ! L'esprit a ses ressorts

« Dans les compartiments du cerveau. L'ignorance

« En fit un être à part; Morand a l'assurance

« Qu'en lui tout est matière et qu'en lui tout mourra !...

« De vos sots préjugés l'on vous affranchira !

« Il est temps de fonder des lois impérissables,

« Où la raison, versant ses flots intarissables,

« Détruira les autels élevés par l'erreur.

« Christ n'était pas un Dieu, ce fut un imposteur ! »

Bravo ! bravo ! s'écrie un petit journaliste,

Constant compilateur tranchant du moraliste,

Qui, plein d'attention, écoutait dans un coin.

De ce savant discours, il va prendre le soin

D'instruire l'univers. *Le Globe* et *la Revue*

Reproduiront bientôt sous leur forme exiguë

Ce pédant ergotisme, argument doctoral,

Indigeste aliment qui nourrit un journal

Et donne aux rédacteurs, prostituant leur plume,

Le droit d'amonceler les erreurs par volume.

Quel pinceau flétrira cet indigne courtier

Qui, d'un vil intrigant se faisant le croupier,

Recrute dans ce lieu des votes politiques ?

Par lui-même inhabile aux fonctions publiques,

Il vend sa conscience à l'obscur candidat

Qui des élections accepte le débat.

Examine son zèle à gueuser des suffrages !

Messager de l'intrigue, il veut gagner ses gages

Sans songer au pays, dont les calamités

Augmentent chaque jour, grâce à nos députés !

Sois fier de tes amis ! célèbre leur sagesse,

Aime-les, et rends-leur tendresse pour tendresse !

Allons, qui te retient ? Va ! donne-leur la main !...

Une aveugle amitié ne brûle plus ton sein ?

Le voile est déchiré ?... Tu veux connaître encore

Ce pesant avocat que la moire décore,

Ce rustre endimanché, ce fougueux libéral,

Ce jésuite menteur faisant le radical ?

N'en sais-tu pas assez ?...

De la Maçonnerie

La doctrine sublime, incessamment flétrie,

Mérite ton respect. Accueille ses leçons;

Mais, pour faire un ami, choisis chez les Maçons ! ! !